Geschichten zur Osterzeit

Karl Heinrich WAGGERL

Geschichten zur Osterzeit

Und er sah das Grün der Erde

Weltbild

Genehmigte Lizenzausgabe für
Verlagsgruppe Weltbild GmbH, Steinerne Furt, 86167 Augsburg
Copyright © 1999 by Otto Müller Verlag Salzburg-Wien
Aquarelle und Zeichnungen: Karl Heinrich Waggerl
Audio-CD: Copyright © 1999 by MusiContact GmbH, Heidelberg
Umschlaggestaltung:
Studio Höpfner-Thoma, München
Umschlagmotiv:
Fritz Bamberger / Artothek, Weilheim
Gesamtherstellung:
Offizin Andersen Nexö Leipzig GmbH,
Spenglerallee 26 – 30, 04442 Zwenkau
Printed in Germany

ISBN 3-8289-7256-X

2006   2005
Die letzte Jahreszahl gibt die aktuelle Lizenzausgabe an.

Alle Rechte vorbehalten.

Einkaufen im Internet:
www.weltbild.de

INHALT

SCHLÜSSELBLUME AUS:
»HEITERES HERBARIUM«
Seite 9

OSTERLEGENDEN
Seite 13

EIERMALEN
Seite 23

OSTERKAPITEL AUS
»DAS JAHR DES HERRN«
Seite 31

DIE SCHÖPFUNG
Seite 41

NACHWORT
Seite 61

SCHLÜSSELBLUME

Wenn Gott zum lieben Osterfest
die Himmelschlüssel sprießen läßt,

für jede arme Seele einen,
dann finden aber jene keinen,

die schon bei Lebzeit sich erkeckten
und welche auf die Hüte steckten.

(Die müssen weiter auf den harten
Gußeisenkreuzen sitzend warten.)

O Mensch, denk an dein eignes Grab,
brich keine Schlüsselblume ab!

OSTERLEGENDEN

I

Es geschah um die Mitte der Karwoche, am Abend des Tages, den wir den grünen nennen, daß der Herr wieder zu den Seinen zurückkehrte. Die Nacht zuvor und noch den ganzen Tag hatte er sich in den Gärten verborgen. In der Einsamkeit, wie die Schrift sagt, trank er von dem bitteren Wasser der Angst, und die Getreuen waren voll Sorge unterwegs, um ihn zu suchen. Und als sie schon verzagen wollten, da gewahrten sie ihn plötzlich, ein jeder neben sich, er trat gleichsam aus der Luft und war Gestalt, sie wußten nicht, wie es geschah.

»Wo warst Du, Meister?« fragte Petrus, rauhzüngig wie immer, wenn ihn etwas grämte. »Und wohin willst Du, daß wir jetzt gehen sollen?«

Darauf schickte ihn der Herr mit dem Jüngling Johannes voraus in die Stadt, aber er ließ die beiden der Besinnung halber ein wenig suchen und raten, wie sie den Wasserträger am Tor finden sollten, und das Haus des Jüngers und den geschmückten Saal. Der Herr selber verhielt noch eine Weile, inmitten der übrigen saß er unter einem Ölbaum. Er sah ihren ahnungslosen Eifer mit Wehmut und hörte ihr fröhliches Gerede in der Vorfreude auf das Fest, aber er war traurig und schwieg. Erst in der Dämmerung brach er wieder auf und führte die Schar auf stillen Wegen zu dem Ort, wo er Abschied nehmen wollte.

14

Zur gleichen Zeit war auch Maria in die Stadt gekommen, von der Unruhe ihres Herzens getrieben, die Mutter des Herrn. Sie wußte nicht, wo sie den Sohn in dem Gedränge finden sollte und irrte lange umher, ratlos in der lauten Menge, die sich durch die Gassen schob.

Und als Maria müde war, setzte sie sich unter einen Maulbeerbaum, um ein wenig auszuruhen. Da sah sie einen Mann des Weges kommen, der war schwarz verhüllt, aber sie erkannte ihn doch, es war einer von den zwölfen, der Mann aus Karioth. Maria rief ihn mit Namen und er schrak zusammen.

»Judas!« fragte Maria, »hast auch du den Herrn verloren?« Da trat er zu ihr und sprach: »Du sagst es. Aber warte hier, ich will eilen und zusehen, daß ich ihn finde!« Und als er so sagte, fuhr dieses sein Wort wie ein Windschauer durch den Baum und das grüne Laub sank welk aus der Krone. Maria ging hinter dem Mann her die Straße hinauf bis zum Markt, denn sie wollte ihn einholen und fragen: Judas, wie kommt es, daß das grüne Laub zu deinen Häupten verdorrt ist?

Von weitem sah sie ihn auf dem Markt zum Brunnen treten und die Finger verschränken und weiter eilen. Und als sie hinzukam, standen die Leute um das Becken und redeten durcheinander. »Was ist das«, fragte Maria, »warum fließt kein Wasser mehr aus der Säule?«

»Was wissen wir!« sagten die Händler und Eseltreiber. »Da kam ein Mensch, der wollte trinken und das Wasser versiegte ihm vor dem Munde. Gott sei ihm gnädig!« sagten sie.

Maria lief weiter in Herzensangst, daß sie den Mann nicht aus den Augen verlöre, und sie sah ihn wieder vor dem Haus des Hohen Rates an der Brücke zur oberen Stadt. Dort brannte die Wache immer ein Feuer vor der Pforte. Aber als Maria hinzukam, fand sie nur einen Soldaten, der auf dem Pflaster kniete und in die tote Asche blies. »Was ist das?« fragte Maria, »warum hast du kein Feuer auf der Wache?«

»Was weiß ich?« sagte der Soldat. »Da ging ein Fremder durch das Tor hinein, der hat seine Hände über die Glut gehalten und sogleich ist mein Feuer erloschen und zu Asche geworden. Dem Menschen sei Gott gnädig!« sagte er.

Und während er sprach, wurde das Tor aufgestoßen und die Burgwache drang heraus, Knechte mit Fackeln und Stöcken und blanken Waffen und Judas mitten unter ihnen. Maria sah den lärmenden Haufen hinuntereilen durch die Vorstadt Ophel, sie sah den blutigen Schein der Lichter tief unten über dem Tal des Baches Kedron, und da wurde es dunkel vor ihren Augen, wie der Evangelist sagt, und es war tiefe Nacht…

II

Und es kam der andere Tag und die schwarze Stunde ging vorüber, in der die Sonne brandig wurde und die Erde in Krämpfen zitterte. Maria saß zu Füßen des Kreuzholzes reglos und steinern in ihrem Kummer lange Zeit, nachdem die Jünger den Herrn abgenommen und in den Schoß der Mutter gebettet hatten, gesalbt und in Linnen gehüllt und wieder aufgehoben, um ihn in das Grab zu legen.

Indessen kam viel ängstliches Volk auf den Hügel, der Wunderzeichen wegen, die überall sichtbar wurden. Aber – den Menschen verborgen – sammelten sich auch die Engel des Gerichtes über Golgatha, jene Mächtigen, die den Elementen gebieten, der sündigen Erde der eine, den Winden der vier Orte der andere, der dritte und vierte dem reinen Feuer und dem sühnenden Wasser aus der Wolke. Denn es drohte der Zorn Gottes über dem Erdkreis, als er nun gegen das Menschengeschlecht Klage erhob. »Mein Volk«, klagte Gott, »antworte mir, *was* habe ich dir getan? Ich habe dich durch die Wüste geführt, und du schlägst den Erretter ans Kreuz? Du warst mein bester Weinberg und bist mir bitter worden, mit Essig hast du mich verhöhnt, als mich dürstete. Ich bin vor dir hergegangen in der Wolke und habe dich mit Wasser getränkt, mit bitterer Galle hast du mir's vergolten. Das Meer habe ich vor dir gespalten und du öffnest mein Herz mit der Lanze, ich habe deine Feinde geschlagen und dafür schlägst du mich?«

Und als Gott so klagte, entstand ein Aufruhr zwischen Himmel und Erde, die rächenden Mächte rüttelten gleichsam an ihren Ketten, daß sie losgelassen würden. Da trat der Hüter der Stürme vor Gott hin und sagte: »Herr, willst Du, daß ich alles Lebendige von der Erde wegfege und zu Staub zerblase?« Und auch der Hüter des Feuers trat hinzu, und die andern beiden drängten zu Gott und sie fragten: »Herr, Herr, willst Du, daß wir Rache nehmen?«

In diesem Augenblick aber regte sich Maria unter dem Kreuz, sie hob ihre Augen auf und seufzte aus tiefstem Herzen und weinte ein wenig. Gott vernahm diesen schwachen Hauch des Schmerzes aus Marias Mund, und ihre Tränen kühlten seinen Zorn. Und da hieß er die Engel noch einmal zurücktreten, und er nahm die Menschen wieder an. Das geschah um der sieben Schwerter willen, die Marias Herz durchbohrten, wie geschrieben steht.

III

Und wieder in der anderen Nacht, erzählt man, da war Maria noch über die Maßen traurig, und in ihrer Betrübnis floh sie aus dem Kreis der Jünger, um ein wenig über Land zu gehen. Da es nun aber eine dunkle Nacht war, wurde ihr in der Finsternis nur noch schwerer ums Herz.

»Ach«, sagte Maria, »mein Blut ist mir erstorben. Daß ich doch ein Feuer fände, an dem ich sitzen und meine Hände wärmen könnte!«

Und als Maria so klagte, da fing das Reisig zu ihren Füßen von selbst zu glimmen an. Es erhob sich ein Flämmchen aus der Glut und das wärmte und tröstete die Mutter Maria in dieser argen Nacht.

Über eine Weile ging sie wieder und dachte nun heimzukehren, aber es währte nicht lange, und es überkam sie von neuem bitterer Kummer um ihren Sohn.

»Ach«, sagte Maria zum andernmal, »meine Augen sind schon blind von Tränen. Ich finde kein Wasser, um sie zu kühlen!«

Und es öffnete sich der Fels und eine Quelle sprang und erfrischte die Mutter des Herrn. Über dem war es Tag geworden und Maria sah, daß sie irre gegangen war. Ringsumher lag nur steinige Wüste und tauber Sand.

»Ach«, klagte Maria wiederum, »meine Füße sind müde und wund von den Dornen auf Golgatha. Ich finde keinen Platz, um im Gras zu ruhen!«

Und da sproßten Kräuter aus der unfruchtbaren Erde, wo sie stand. Gräser breiteten sich unter ihren Schritt, liebliche Blumen mitten in der Wüste, so breit der Weg Marias war. Und darüber freute sie sich ein wenig. Sie blickte umher und fand den Weg zurück in die Stadt. Weil es aber so still war und die Vögel an diesem Morgen noch nicht singen mochten, verlor Maria doch wieder den Mut. Sie rang die Hände, ach, seine Stimme war ihr erloschen und sein Mund für immer versiegelt. Sie hatte ihn in der Unschuld empfangen und über das Gebirge getragen und auf dem Stroh in kalter Nacht geboren. Da fing das Leid schon an. Er entglitt ihren Händen, lehrte und wirkte und starb. Aber warum mußte ihr eigenes Herz noch immer schlagen?

Es geschah dann, daß die Seufzer Marias auch den Wind rührten, der unter dem Himmel ruhte. Er machte sich

auf und wehte von den Gärten her, so daß Maria den
Lobgesang der Engel vernahm, die dort schon den Herrn
mit lauter Stimme priesen.
Denn er war auferstanden.

EIERMALEN

Was wäre das Osterfest mit allem seinem Glanz und seiner Freudigkeit, wenn es die bunten Eier nicht gäbe? Welch ein wunderbares Ding ist ein Ei, wie wohlig fühlt sich seine Rundung an, es sucht das warme Nest, wenn es in die hohle Hand schlüpft. Man muß nur den Pinsel in die Farbe tauchen und unbekümmert zu malen anfangen, nichts ist leichter als das, es gibt keinen Menschen, der es nicht kann, außer er wäre ein ganz besonders gescheiter Mensch, der solch ein kindisches Getue verachten müßte. Ein Punkt gelingt ja immer, ein Sternchen auch, hier und dort, oder eine Reihe von Kringeln rundherum, und schon ist der Zauber geglückt. Ach, hätte der gescheite Mensch es doch versucht, er würde hüpfen vor Vergnügen, weil ihm endlich einmal etwas außer allem Zweifel gelungen wäre! Man kann das Ei auch in einen Becher setzen, dann läßt es sich an der Pinselspitze entlang drehen, und man darf es sogar wagen, einen Spruch darauf zu malen, »Frohe Ostern« etwa, oder »Aus Liebe, Kreszentia«. – Kreszentia würde ich natürlich nicht schreiben, ich wähle diesen Namen nur als Beispiel und um des häuslichen Friedens willen. Die Möglichkeiten sind ja unerschöpflich. Ich habe schlaue Leute gekannt, die schnitten Figuren aus Papier und klebten sie auf das Ei, und dann stupften sie mit dem Pinsel oder sprengten mit einer harten Bürste Farbe darauf, das sah immer sehr vornehm aus, wie Marmor.

Und wieder andere, die ein bißchen Kunstfertigkeit besaßen, bemalten das ganze Ei mit einerlei Farbe und kratzten dann mit der Messerspitze Figuren heraus. Dabei ist keinerlei Unheil zu besorgen, ich habe bloß vergessen zu sagen, daß die Eier natürlich vorher gekocht werden müssen.

Am besten aber, so schön wie ich es nie wieder gesehen habe, gelangen die Ostereier, wie sie meine Mutter färbte. Es gab eine Schachtel daheim, in der das Jahr über allerlei Buntes gesammelt wurde, Papier, Bänderreste, alles kleingeschnitten. In der Osterwoche durfte ich dann mit der Mutter zum Krämer gehen, und ich sah, wie sie sich seltsame Dinge aus den alten Töpfen geben ließ, braune Holzspäne, die sie »Fernambuck« nannte, oder kleine Kugeln aus einer erdigen Masse, man mußte sie später mit dem Messer schaben und gewann beim Färben ein wunderbar leuchtendes Rot. Eben in den unscheinbarsten Zutaten verbargen sich die aufregendsten Überraschungen, in braunen Zwiebelschalen zum Beispiel, die ein sattes wolkiges Gelb abgaben.

Das Köstlichste hatten wir Kinder selbst beizusteuern. Immer am Gründonnerstag wurden wir ausgesandt, um gewisse Farnkräuter zu suchen, Kresse und vor allem die zarten Triebe des Geißfußes. In manchen Jahren, wenn Ostern in den ersten Frühling fiel, war das schwierig, überall lag noch hoher Schnee, und man mußte stundenlang herumstöbern, bis sich irgendwo an einem warmen Quell das Gesuchte entdecken ließ. Durch und durch naß und durch und durch glückselig brachten wir unsere

hinfällige Beute heim. Die Kräutchen wurden sorgsam
in das Gebetbuch der Mutter gelegt und bis zum Kar-
samstag darin aufbewahrt. An diesem Tag stand schon
morgens, wenn wir aufwachten, der große Topf mit Salz-
wasser auf dem Herd. Ich sehe wohl, daß es mir nicht
möglich ist, auch nur ungefähr unsere Erregung zu beschreiben. Zunächst wurden wir alle gebadet und bis in
unsere Leibeshöhlen hinein unbarmherzig gesäubert,
denn, obwohl wir eine Stunde später schon wieder wie
Stieglitze gesprenkelt waren, sollte uns doch die Heilig-
keit unseres Vorhabens eindringlich bewußt werden.
Die Mutter gab uns Leinentücher von der Größe eines
Schnupftuches, und darauf streuten wir nun, was in der
Schachtel und sonst auf Tellern und in Tassen bereit-
stand. Auch der Vater saß dabei, und an der Art, wie er
mit seiner gütigen Schläue bedächtig eins zum andern
legte, zuerst die Kräuter auf das sauber gewaschene und
noch feuchte Ei, an seinem wortlosen Beispiel beruhigte
sich allmählich auch unser ungeduldiger Eifer. Wenn alles
fertig bereit lag, ließ die Mutter unsere mit einem Faden
verschnürten Bündel in das kochende Wasser sinken.
Indessen aber mußten wir auf dem Boden knien und
drei Vaterunser beten, nicht in bedenkenloser Hast wie
sonst, sondern sorgfältig, das »Gib uns heute« und das
»Erlöse uns von allem Übel«. Amen! sagte die Mutter
zuletzt. Sie bekreuzte sich und den Vater und uns der
Reihe nach, und dann hob sie die dampfenden Oster-
früchte aus dem Topf und legte sie in die große Schüs-
sel. Ach, da saßen wir in der Runde und verbrühten uns

die Finger in unserer unbändigen Neugier, bis sich endlich das erste Ei aus der Hülle schälen ließ. Deutlich, mit einem unirdisch zarten Grün, zeichneten sich die Kräuter ab, und dazwischen glühte es von Farben, bis in eine unergründliche Tiefe hinein, nicht zu beschreiben, man konnte so ein Ei, mit Butter eingerieben, minutenlang zwischen Daumen und Zeigefinger drehen und sich doch nicht satt daran sehen.

Am Ostermorgen freilich hatte sich das Wunder zum Abenteuer gewandelt. Wir zogen mit unseren drei Eiern in den Taschen auf den Kirchplatz, um jedermann zum Zweikampf herauszufordern. Ich habe sonst im Leben mit dergleichen Händeln nicht viel Glück gehabt, aber einmal kam ich doch zu unerwarteten Ehren. Die Mutter hatte mir nämlich eine Henne geschenkt, ein winzig kleines, kränkliches Huhn. Sie war sonst nicht eben freigebig, aber vielleicht wollte sie einmal mein Herz prüfen, ich weiß heute noch nicht, was alles diese seltsame Frau hinter ihren kühlen Augen verbarg.

Jedenfalls, so Unmögliches meine Liebe und mein Unverstand diesem Huhn zutrauen mochten, es gedieh. Und eines Morgens legte es, zu seinem eigenen Entsetzen, das erste Ei, nicht ganz nach der hergebrachten Form und viel zu klein, aber immerhin ein Ei. Stundenlang saß die Henne nun in ihrer Sandkuhle und horchte gleichsam in sich hinein, während ich bäuchlings vor ihr lag, um ihr zuzureden, sie möchte doch sehen, daß ihre Eier bis Ostern ein bißchen größer würden. Dann nickte sie gutwillig und sagte etwas Geschwindes in ihrer wunder-

lichen Sprache. Aber was sie auch vorhaben mochte, es
glückte ihr nicht. Und so mußte ich also am Ostertag
sozusagen mit drei Wachteleiern auf den Kirchplatz
rücken. Wer es nicht weiß, dem ist zu erklären, worauf es
ankam. Man mußte den Boden des Eies, von der Faust
so eng wie möglich umschlossen, dem Gegner preisge-
ben, aber man konnte auch versuchen, das Ei des andern mit der Spitze des eigenen zu zertrümmern. So
gewann man, oder verlor ein Ei. Nun wollte es mein
Unstern, daß ich gleich an die Nachbarstochter geriet,
die ich heimlich liebte und öffentlich verabscheute. Sie
hielt mir höhnisch lächelnd ein riesiges Ei in beiden
Händen entgegen und zeigte nur ein winziges Fleckchen
davon. Ich schloß die Augen und schlug zu, aber als ich
sie wieder aufmachte, war mein Wachtelei durchaus nicht
zerbrochen, sondern das andere, das Gänseei. Vielleicht
hatte mir meine Henne ihr Geheimnis längst mitgeteilt,
daß sie nämlich Eier von der Härte des berühmten
Kohinoor legen konnte, ich verstand sie nur nicht und
nun kam ich zu unerhörten Erfolgen an diesem Tag. Die
Liebe meines Mädchens verlor ich zwar, aber dafür gab
es kein Ei in der ganzen Gegend, das mir standhielt,
ich mußte schließlich nach Hause gehen, nur weil mein
Hut und meine Tasche den Segen nicht mehr fassen
konnten.

Meine Henne hat noch drei Jahre gelebt, ich schützte sie
mit aller Leidenschaft meiner Zuneigung vor dem Ende
im Suppentopf. Später verloren ihre Erzeugnisse ja an
Schlagkraft, und einmal im Herbst starb sie mir. Ich be-

grub sie unter einer Birke und schnitt ihren Namen in die Rinde. Noch vor zwei Jahren habe ich ihr Grab besucht.

OSTERKAPITEL AUS
»DAS JAHR DES HERRN«

Es kommt der erste der Kartage, das Hosianna verstummt wieder, noch einmal sinkt die Kirche in tiefe Trauer zurück. Die Kreuze und die Bilder des Herrn sind mit blauen Tüchern verhängt, um der Worte Jesu willen, als er von den Zwölfen schmerzlichen Abschied nahm und sagte, liebe Kindlein, ihr werdet mich suchen, aber wohin ich gehe, dahin könnt ihr mir nicht folgen!

Die Blumen werden fortgeräumt, aller Schmuck und sogar das Tuch des Altars, damit sich die Weissagung des Jesaias erfülle, es sei weder Schönheit noch Gestalt an ihm gefunden worden. In dieser Nacht sagte der Herr, in kurzem werdet ihr euch alle an mir ärgern, und er lächelte, als die Jünger eiferten und schworen, sie würden ihn nie verlassen. Ach, er kannte ihre Schwäche!

Darum aber, weil ihn zuletzt alle verleugneten, auch Petrus, der Held, darum wird eine um die andere der Kerzen ausgelöscht bis auf die letzte an der Spitze des siebenarmigen Leuchters. Und auch dieses Licht nimmt der Pfarrer und trägt es hinter den Altar zum Zeichen, daß der Herr allein im Ölgarten kniete, als ihn Angst überkam und blutiger Schweiß. Dreimal weckte er die Jünger und mahnte sie sanft, dreimal entschliefen sie wieder, obwohl schon das Windlicht des Verräters unter den Bäumen flackerte. Ich bin es, sagte der Herr, aber schont diese hier. Und dann banden sie ihn und führten ihn gefangen fort, so wie der Pfarrer jetzt den verhüllten Kelch und das heilige Brot vom Altar nimmt und abseits in den Schatten trägt.

Die Frauen haben auch schon das Grab für den Meister bereitet, mit Sträucherwerk und blühenden Blumen und Lichtern, die durch farbige Kugeln leuchten, wie geschrieben steht: Sein Grab wird ruhmvoll sein.

Der andere Tag aber ist noch düsterer, unaufhörlich hallen die klagenden Gebete, der traurige Abgesang des Todes. Es kommt die schwarze Stunde, in der die Sonne brandig wurde und zerbarst, und die Erde zitterte in Krämpfen, als der Menschensohn siebenmal zum Himmel schrie, sieben martervolle Schreie, trächtig von Verzweiflung, schwer von Tränen und das ganze Leid der Welt umfassend. Stehend ruft sie der Pfarrer in das verfinsterte Gewölbe der Kirche hinein, so wie der Herr stehend litt, und erst beim letzten der sieben Worte fällt er in die Knie.

Vor dem Altar liegt Pater Johannes auf dem Angesicht, und Gott heißt ihn aufstehen, damit er anklage.

Mein Volk, spricht Gott, antworte mir, was habe ich dir getan? Ich habe dich durch die Wüste geführt und mit Manna gespeist, in ein gutes Land habe ich dich geführt, und du schlägst den Erretter ans Kreuz! Du warst mein bester Weinberg und bist mir bitter geworden, mit Essig hast du mich verhöhnt, als mich dürstete. Ich bin vor dir hergegangen in der Wolke und habe dich mit Wasser getränkt, du aber verrietest mich meinen Widersachern, mit bitterer Galle hast du mirs vergolten. Ich habe deine Feinde geschlagen, dafür schlägst du mich. Das Meer habe ich vor dir gespalten, und du öffnest mein Herz mit der Lanze.

Indessen aber, während Gott gegen das Geschlecht Adams klagt, daß es undankbar und treulos sei, indessen wird schon das Kreuzholz enthüllt, an dem das Heil der Welt gehangen hat. Zuerst das Schild mit dem Namen des Herrn, Rex Judaeorum. Dann das heilige Haupt, hohnvoll gekrönt, aber verzeihend herabgeneigt zu denen, die nicht wissen, was sie an ihm tun. Die ausgespannten Arme werden entblößt, blutig angeheftet in der rührenden Gebärde der Liebe, und die offene Seite von der Lanze durchstoßen.

Die Gläubigen treten herzu und werfen sich nieder, um die Wundmale seiner Füße zu küssen, damit sich das Wort des Osias bewähre, der gesagt hat: In der Trübsal werden sie kommen und sagen, lasset uns zurückkehren zum Herrn. Er hat uns gezüchtigt, er wird uns auch heilen …

Am dritten Tage ruht der Herr im Grabe. Die Glocken schweigen noch, aber die Altäre sind schon bedeckt, nicht mehr ganz leer und verwüstet, neue Kerzen schmücken die Leuchter und warten auf das Osterlicht. Es ist das die Zeit, in der die Jünger des Herrn sich wieder sammelten, noch irr und verstört, weil der Meister so gestorben war, so elend zwischen zwei Schächern. Es war verheißen, daß er das bittere Wasser am Wege trinken und dennoch sein königliches Haupt erheben werde, daß er herabfahren wolle, wie Regen auf das Fell, und seine Feinde mit dem Schwert vor sich hertreiben; die aber an ihn glaubten, die würde er verherrlichen. Und nun waren sie traurig und zweifelten, weil nichts von dem geschah. Sie wußten die Schrift nicht, sagt der Evangelist, daß er auferstehen werde.

Am Osterfeuer entzündet der Pfarrer auch ein dreizackiges Licht, das ein Sinnbild des Dreieinigen Gottes ist, Kraft, Wort und Geist. Es brennt das ganze Jahr über kein Licht im Haus des Herrn, das nicht von dieser Flamme ausgegangen ist.

Auf mannshohem Leuchter steht die Osterkerze, schneeweiß zum Zeugnis der Unschuld des Gekreuzigten, mit fünf Nägeln und fünf Körnern Weihrauch besteckt. Denn obgleich er den Tod der Sünder starb, gebühren ihm doch Räucherwerk und göttliche Ehren.

Desgleichen weiht der Pfarrer das Wasser im Taufbecken und in den Krügen der Frauen, denn, sagt der Psalmist, wie der Hirsch nach der Quelle verlangt, so mein Herz nach deinem Segen, o Gott. Der Pfarrer berührt die Fläche des Wassers mit der flachen Hand, so schwebte der Geist Gottes über den Fluten. Er teilt es mit dem Finger, so gliederte Gott den Erdkreis. Und er sprengt es in alle vier Winde, damit es den Völkern das Heil bringe, wie der Meister versprochen hat: Mein Joch wird süß sein, und meine Bürde ist leicht. Viele haben diese Bürde getragen, und wer immer vor ihm oder nach ihm Gutes tat, der hat es in seinem Namen getan, versteht das recht. Niemand kann gut sein, außer in seinem Geist.

In der Glockenstube steht David und wartet auf den Augenblick, in dem der Pfarrer seine Arme heben und das Gloria anstimmen wird.

In der Wand des Turmes ist ein kleines Fenster angebracht, man sieht von der Höhe herab die festliche Schar der Gläubigen, eng in die Stühle gepreßt und noch die Gänge füllend. Man sieht die prunkvollen Gewänder am Altar im Schein der Kerzen schimmern, von Weihrauch umwölkt. Es ist noch still in der ganzen Kirche. Auf dem Chor sitzt der Lehrer an der Orgel, er hat alle Register im voraus gezogen und die Finger auf die Tasten gelegt. Die Bläser stehen bei ihren Pulten und drücken schon Luft in die geblähten Wangen, Gott gebe, daß sie noch Atem haben, wenn ihre Zeit gekommen ist! Desgleichen stehen die Sängerinnen offenen Mundes bereit und zwingen mit Mühe den ersten Ton in die Kehle zurück, die Meßbuben heben ihre Schellen hoch, und selbst draußen hinter der Friedhofsmauer warten atemlos die Böllerschützen mit rauchenden Lunten, auch sie haben die Rohre doppelt geladen, mögen sie alle zerspringen zum Ruhm des Herrn!

David quetscht seine feuchte Nase gegen die Scheibe – noch nicht!

Noch immer nicht, aber jetzt!

Er winkt mit der Hand hinter sich, da greifen die vier Männer hoch in die Stränge und ziehen mit Macht. Brausend erklingt die Orgel, ein hundertstimmiger Jubelschrei, ein tönender Sturmwind rauscht durch die Kirche. Trompeten fallen schmetternd ein, die Fenster klirren vom Donner der Freudenschüsse, laut und inbrünstig steigt das große Halleluja zum Himmel auf.

Zu keiner anderen Stunde des Jahres klingen die Glocken so herrlich und freudenvoll zusammen. Sie preisen den auferstandenen Gott, aber der Mensch ist auch auferstanden, und alle Kreatur.

Ja, du schüttelst ab, was welk an dir war, deine Sorge will dir nicht mehr so groß, dein Kummer nicht mehr so unabwendbar scheinen. In deinem Garten stehst du und betrachtest den alten Kirschbaum. Im letzten Sommer brachte er nicht mehr viel, du dachtest schon daran, ihn umzuhauen, weil er nur Schatten auf deine Beete warf. Und jetzt trägt er doch wieder pralle Knospen in seiner struppigen Krone, nein, du wirst ihn noch einmal blühen lassen. Vielleicht findest du jemand in der Nachbarschaft, den du zur Kirschenzeit in deinen Garten laden kannst.

Es geht die Sage, daß niemand auf Erden sterben muß, solange die Osterglocken läuten. Immer ist der Tod unterwegs, nur in dieser einen Stunde ruht er aus, im Andenken dessen, der ihn überwand. Und darum darf der Chor des Geläutes nicht wirr und regellos klingen, sondern die Stimmen müssen sich kunstvoll verschränken, und keine darf versagen. Am reinsten klingt die Frauenglocke, sie hat Silber im Erz, deshalb ist ihr Gesang so lieblich und hell unter den anderen. Die Zügenglocke schlägt schnell und hastig wie ein fieberndes Herz, breit die Wetterglocke, kraftvoll und schlicht, als spräche ein ruhiger Mensch immer dasselbe trostvolle Wort. Am tiefsten aber und lang hinsummend ist der Ton der großen Glocke, ihr riesiger Leib hängt so schwer im dreifachen Joch, daß die Kraft eines einzelnen Mannes nicht ausreicht, sie anzuläuten. Die Wucht ihres Schwunges ist ungeheuer. Wer es versteht, das Seil im richtigen Augenblick zu fassen, der schwebt wie auf Engelsflügeln empor bis unter die Decke der Kammer.

DIE SCHÖPFUNG

Wißt ihr auch, wie es zuging, als Gottvater die Welt erschuf? Die Berge und alles, was ihr seht, die Almen und Höfe, und die Dörfer, deren etliche sicher noch viel größer und schöner sein werden als unser eigenes Dorf? Im Anfang war davon nichts vorhanden, so viel ist euch bekannt. Freilich müßt ihr das richtig verstehen, nicht, als sei Gottvater eine Ewigkeit her sozusagen bettelarm gewesen. Er besaß natürlich schon immer sein Himmelreich, das ihr euch ungefähr wie eine prächtige Wohnung vorstellen müßt. Ihr werdet sie ja dereinst selber sehen, wenn ihr euch danach aufführt, beschreiben kann man sie nicht.

Dort lebte der Herr also mit der Dienerschaft seiner Engelscharen, und nichts ging ihm ab, außer vielleicht ein wenig Kurzweil dann und wann. Denn das lustige Volk der Heiligen fehlte ja noch, und die Engel hatten auch ihr Lebtag nichts anderes zu besingen gelernt als Gottes eigene Herrlichkeit.

Aber das verdroß den Herrn kaum einmal, etwas anderes verleidete ihm schließlich sein schönes Himmelshaus. Innen konnte es ja gar nicht besser sein, aber außerhalb, versteht ihr, außen herum war alles wüst und leer.

Darum fing Gott an nachzudenken, was sich aus dem Nichts, aus dem leeren Weltgehäuse wohl machen ließe, und nachdem er vieles ausgedacht und wieder verworfen hatte, blieb er zuletzt dabei, daß ein schöner Garten unterm Himmel doch am besten wäre.

Das Ärgste, dachte der Herr, als er an die Arbeit ging, das Grundübel ist die Finsternis, dem muß man zuerst abhelfen. Er zündete auf der einen Seite ein helles und wärmendes Licht an, und alles Dunkel ließ er von den Engeln auf der andern Seite zusammenkehren. Freilich waren die Engel noch an keine Arbeit gewöhnt und nahmen es nicht so genau, und daher kommt es auch, daß noch heutzutage jedes Ding einen Schatten hinter sich hat.

Die helle Seite nannte Gott den Tag, die dunkle hieß er Nacht, und weil ihm diese schwierige Sache so prächtig gelungen war, freute er sich sehr. Er ließ es fürs erste genug sein und ging in sein Himmelshaus zurück; aber das kostbare Licht sparte er, die Sonne löschte er wieder aus. Und nur, damit die Finsternis nicht von neuem überhand nahm, versah er auch die Nachtseite mit Lichtern von geringerer Art, ihr wißt, es ist bis heute so geblieben.

Aber wie es eben geht, wenn man einen neuen Plan im Kopf hat, der Gedanke an seinen Garten ließ den Herrn nicht mehr ruhen. Gewiß, wenn er sich die Welt bei Licht besah, so war sie nichts als eine trostlose Wildnis um und um, ein scheußlicher Morast, in dem die Berge kopfüber steckten, die Hügel und alles, woran wir jetzt unsere Freude haben. Vielleicht meint da einer oder der andere von euch, er wüßte wohl auch ungefähr, wie so eine Sache anzupacken wäre, etwa, weil er einmal eine

Wiese trockengelegt oder einen Acker geebnet hat. Aber Äcker und Wiesen sind doch wenigstens vorhanden, und damals war nichts vorhanden, darin liegt die Schwierigkeit.

Zuerst begann der Herr natürlich das Wasser abzuleiten und in der Tiefe anzusammeln, wo es weiter nicht mehr schaden konnte. Und zugleich gab er auch dem Land, das trocken herausstieg, einen gefälligen Umriß. Auch das müßt ihr recht betrachten. Ihr hättet die Erdteile vielleicht viereckig gemacht oder sternförmig, es wäre gewiß eine ordentliche, eine übersichtliche Welt geworden. Gottvater aber machte sie schön.

An manchen Orten formte er die Ufer steil und schroff und ließ die Wasser gewaltig dagegen branden, anderswo verlief das Gestade sanft und flach. Und wiederum schnitt er Buchten ins Land hinein und lagerte Inseln davor, damit das Wasser innerhalb ruhig bliebe und daß es ein lieblicher Anblick wäre. Überhaupt kostete dieser Tag der Schöpfung am meisten Schweiß. Gottvater geriet in Eifer, immer wieder fiel ihm etwas Neues ein, und vor allem die Berge machten ihm Freude. Er schuf sie groß und klein, sanft gebuckelt und scharf gespitzt in allen Spielarten, und dann mußten die Engel ihre Flügelkleider schürzen und die Berge dahin und dorthin versetzen. Es wurde ihnen sauer genug, denn daß der Glaube allein dazu ausreicht, ist nur eine Redensart. Und wenn bei dieser Arbeit dann und wann einem Erzengel ein Stein aus der Krone fiel, so wißt ihr es zu deuten, warum wir zuweilen Amethyste und Saphire und den kostbaren

Smaragd im Geröll unserer Berge finden. Der Herr ließ
den Engeln keine Nachlässigkeit hingehen, er achtete
streng darauf, daß alle Gipfel richtig auf ihrer Breitseite
standen und daß die Täler dazwischen geräumig wurden, nicht zu schattig und zu steil, und daß auch jedes
sein Flüßchen hatte, – was wäre unser Dorf ohne den
Bach, den Gottvater damals entspringen ließ!
Als der Tag zu Ende ging, war der Herr selber recht-
schaffen müde geworden. Er hieß die Engel aufräumen
und allen Schutt und Abfall und was an Bergen übrig
geblieben war, an einer entlegenen Stelle ins Meer schüt-
ten. Sie stechen dort noch heute als Inseln aus dem
Wasser. Dann erst machte Gott Feierabend und besah
sein Werk und war zufrieden mit sich und der Welt.
Freilich, am andern Tag gefiel sie ihm schon weniger
gut, so geht es jedem, der gar zu eifrig hinter einer Arbeit
her ist. Nicht, daß dem Herrn etwas sichtlich mißraten
wäre, es kam ihm nur alles so kahl und leer vor, weil es
ja noch nichts Lebendiges und Bewegtes auf dem ganzen Erdenrund gab, außer Wasser und Wind. Gottvater
fing zu grübeln an. Im Nachdenken nahm er eine Prise
Staub vom Boden auf und blies sie wieder von der Hand,
wie wir es wohl auch tun, wenn uns etwas Schwieriges
durch den Kopf geht. Aber Staub bleibt Staub, soviel
unsereins auch dagegen blasen mag, während Gottes
Atem die toten Sandkörner so erweckte, daß sie nieder-
fielen und sich wie Samen aus der Erde begrünten.
Sicher waren es nicht gleich Nelken oder Rosmarin, die
zuerst wuchsen, sondern ganz schlichte Kräuter, Bärlapp

vielleicht, oder überhaupt nur Gras. Aber Gottvater sah doch gleich, wo das hinauswollte, und er half dem Bärlapp und den Gräsern auf die Sprünge, daß sie sich ausbreiteten und vielfältig verwandelten. Etliche wagten etwas und trieben Blüten hervor, immer schönere und buntere, als sie merkten, daß es Gott gefiel. Und als alle Farben des Regenbogens vergeben waren, umhüllten sich manche obendrein mit Wohlgeruch, um die Schwestern im Wettstreit zu überbieten. Eine war darunter, so anmutig von Gestalt, so köstlich duftend, daß sie meinte, die Königin der Blumen zu sein, und darum wuchs sie hoch über alle andern hinaus. Da bog aber der Herr ihre Ranken zur Erde zurück und heftete sie mit Dornen nieder, und die Rose schämte sich ihres Hochmutes und errötete ein wenig.

Andern erlaubte der Herr doch auch wieder, sich höher zu erheben, wenn sie nur nicht gleich in den Himmel wüchsen. Und Eichen und Buchen schmückten die Täler mit der Fülle ihres glänzendes Laubes, oder sie trugen ihre schlanken Wipfel mit edlem Ernst, wie die Tannen in den Wäldern unserer Berge.

An diesem Tage war Gott sehr heiter gestimmt, als er die Bäume und Sträucher und Blumen erschuf. Er bedachte auch, daß nun eine gute Ordnung in den Lauf der Zeit käme. Den Tagen gab er ihre wechselnde Länge, das Jahr teilte er in vier Zeiten, damit alles wohl gediehe. Und wenn ihr zuweilen meint, es sollte nicht so heiß auf eure Saaten brennen oder weniger lang in euer Heu regnen, so könnt ihr eben Gottes große Weisheit nicht an euren kleinen Sorgen messen. Ihr dürft überhaupt nie klagen, daß der Herr euch etwas verdürbe, weil ihr doch nicht einmal genug Grütze im Kopf habt, das vernünftig unter euch zu teilen, was er euch ungebeten schenkt.

Nun wirkte der Herr schon den vierten Tag, und wenn er alles überblickte, so durfte er wahrhaftig sagen, daß es gut sei, was er gemacht hatte. Die Engel wenigstens meinten, schöner könnten sie sich die Welt gar nicht mehr vorstellen, halleluja! Gottvater aber, wie alle Väter, konnte sich nicht genug daran tun, die Seinen in Erstaunen zu setzen. Er dachte bei sich, es sei gewiß großartig, daß nun lebendiges Leben überall auf der Erde keimte und blühte und Samen warf. Wie aber erst, wenn es Geschöpfe gäbe, die nicht an ihrem Ort hafteten, sondern frei umherliefen oder flögen oder schwämmen?

Seht, einer von euch, wenn ihm je ein so köstlicher Einfall in den Sinn gekommen wäre, jeder von uns hätte den Blumen Flügel und den Bäumen Beine wachsen lassen und hätte gemeint, was Wunder ihm damit gelungen sei. Gott der Herr aber behalf sich anders, Gott erfand die Tiere.

Auch nicht gleich einen Adler oder einen Löwen; der Herr mußte sich selber erst in dieser neuen Kunst versuchen. Manches Tierchen mißriet ihm ganz und wurde nichts als ein Scheusal, der Ohrwurm zum Beispiel. Andere entsprangen seiner Hand auf Nimmerwiedersehen, ehe er ihnen noch etwas Rechtes beibringen konnte, wie etwa der Floh, der darum auch gar nichts

47

Liebenswertes an sich hat. Wieder bei etlichen vergriff
er sich in der Größe, die spieen gleich Gift und Feuer
aus ihren Drachenmäulern, und Gott mußte sie schnell
wieder vertilgen, ehe sie allzuviel Unheil anrichteten.
Aber dazwischen glückte ihm doch vieles und immer
mehr von guter Art, denkt nur an das liebe Vieh auf
euren Weiden und an die Bienen, die uns Honig eintra-
gen, oder an die Vögel, die zu unserer Freude singen,
und an viel anderes Getier, das uns nicht weiter von
Nutzen ist und das wir doch nicht missen möchten, so-
lang das Leben währt, die Schmetterlinge und das drol-
lige Volk der Käfer.
So ging der sechste Tag zu Ende und Gott dachte, daß
er sich nun einen Feiertag verdient hätte. Damit die Welt
aber nicht ohne Aufsicht blieb, während er in seinem
Himmelshause saß und in sich selber ruhte, wie er es
früher getan hatte, beschloß er noch am Abend, sich
einen Gehilfen zu schaffen, einen Gärtner gleichsam,
einen Verwalter.
Glaubt nur nicht, daß er dazu etwas Besonderes nötig
hatte. Gott nahm das Nächstbeste, einen Kloß Lehm, wie
es die Schrift anstandshalber nennt. Daraus also bildete
Gottvater einen Menschenleib. Er machte ihn stattlich
an Haupt und Gliedern und ein wenig sich selber ähn-
lich, denn es sollten ja alle Geschöpfe den Herrn in ihm
erkennen. Gott klopfte mit dem Finger auf die Brust des
Menschen, da fing sein Herz zu schlagen an. Gott hauchte
ihm auf den Mund, da atmete der Mensch und begann
zu leben.

Denkt euch, dieser erste Mensch, da saß er nun im Grase und schlug die Augen auf, sah den weißgewölkten Himmel zum ersten Mal, sah das Grün der Erde, und er fragte, was wir alle fragen, wenn uns zuweilen dieses große Erstaunen wieder ankommt. Wer bin ich? fragte der Mensch.

Du bist Adam, sagte Gott.

Und er hieß ihn aufstehen, damit er alles betrachten und seine Glieder gebrauchen lerne. Es war ein freundliches Tal an dem Ort, zwischen sanften Hügeln, mit einem Wasser darin und von Bäumen beschattet. Adam ging an Gottes Hand den Fluß entlang, noch ein wenig taumelig und benommen. Aber schon plagte ihn das Gelüst, da und dort von den Früchten im Gezweig zu kosten. Es wollte dem lieben Gott nicht sonderlich gefallen, daß Adam so seiner Neugier nachgab und daß er obendrein gleich das Gesicht verzog, wenn etwa die Pflaumen ein bißchen zu sauer waren. Und um dem Fürwitz beizeiten einen Riegel vorzuschieben, zeigte er dem Adam einen Baum inmitten des Tales und gebot ihm ernstlich, keinen von den Äpfeln anzurühren, die daran hingen. Denn sowie er von einem äße, sei er verflucht, immer nach Erkenntnis zu dürsten und nach Wahrheit zu hungern, und er werde keins von beiden gewinnen, sondern elend sterben müssen.

Nun, Adam hörte gehorsam zu, aber es rührte ihn nicht sonderlich an, was sollte ihm auch an etlichen Äpfeln liegen. Gottvater war gleich wieder gütig und freundlich gestimmt, er trug seinem Gärtner auf, über den Sonntag

nachzudenken, wie die Geschöpfe der Erde heißen sollten. Sie waren ja noch alle unbenannt und ein Fuchs
von einem Hasen nicht zu unterscheiden.
So lagerte sich also Adam im schattigen Grund des Tales,
und die Tiere zogen herbei, eins von jeder Gattung.
Das blinde Gewürm kam aus der Erde und die winzigen
Mücken aus der Luft, und selbst die Fische hoben ihre
Köpfe übers Wasser und rissen Maul und Augen auf,
damit sie nur ja nicht überhörten, wie sie von nun an
heißen sollten. Adam aber nannte sie gar nicht mit ge-
lehrten lateinischen Namen, sondern wie es ihm gerade
einfiel. Er sagte: du Roß! oder du Schaf! und das Schaf
sagte bäh! und war zufrieden mit seinem Namen.
Natürlich reichte ein Tag für dieses Geschäft bei weitem
nicht hin, denn Adam hatte nicht nur das Getier zu
unterscheiden, auch die Bäume und Kräuter, und das
nahm kein Ende. Es ist ja noch heutzutage da und dort
in der Welt ein Adam unterwegs und hat nicht Ruhe, bis
er irgendwo ein Hälmchen findet, das noch immer nicht
weiß, wie es heißt.
Freilich, so viel Schweiß brauchte der erste Adam bei
seiner Arbeit nicht zu vergießen. Er lebte überhaupt
dermaßen glücklich, daß es mancher von euch, dem sein
Dasein sauer fällt, nicht wird begreifen können, wenn
er hört, auch Adam sei unzufrieden gewesen. Ihr sollt
ihn aber deswegen nicht tadeln, sondern an die Stunden
denken, in denen es euch selber so erging. Mag einer
gleich ein König oder bloß ein Kohlbrenner sein, zuzei-
ten wird er seinen Thron oder seinen Meiler verlassen

und wird einem Drang in der Brust folgen und doch nicht sagen können, was ihn drängt.

Adam wurde schwermütiger von Tag zu Tag, ruhelos lief er das Paradies auf und ab, oder er saß auf den Hügeln und starrte trübselig vor sich hin, bis ihn Gott doch einmal anrief und fragte: Adam, was fehlt dir?

Ich weiß es nicht, Vater, sagte Adam traurig. Ich bin so allein.

Da wunderte sich Gott Vater, daß jemand über das Alleinsein klagen konnte, er war es doch eine Ewigkeit gewesen. Höre, fragte er wieder, habe ich nicht so viele Tiere für dich erschaffen? Geh und suche dir einen Gefährten unter ihnen!

Adam tat so und nahm zuerst ein Kätzchen zu sich. Das schnurrte ihm zwar zärtlich um die Beine und ließ sich das weiche Fell krauen, aber es währte nicht lang, da verließ es ihn plötzlich wieder. Das Kätzchen saß bei einem Kater im Gebüsch und sang mit ihm und mochte nichts mehr von Adam wissen. Das kränkte ihn freilich sehr, dennoch versuchte er es ein anderes Mal und nahm sich das Pferd zum Freund. Damit fuhr er schon besser. Das Roß ließ ihn auf seinen Rücken steigen und er hatte einen starken und mutigen Genossen an ihm, aber auch nicht lang. Eines Tags wieherte eine Stute am andern Ufer, da warf der Hengst seinen Herrn in den Sand und schwamm hinüber, und Adam war wieder allein. Betrübt von so viel Treulosigkeit rief er zuletzt den Hund zu sich. Der Hund wurde nun wirklich sein bester Gespan, denn er liebte Adam mit der ganzen Kraft seines Gemütes.

Freilich fand er keine Antwort auf die dunkle Rätsel-
frage in Adams Brust, und von Zeit zu Zeit verschwand
auch er. Aber jedesmal kam er bald wieder, und dann
versuchte er tausend Künste, um den Herrn aufzuhei-
tern, und wenn Adam traurig war, saß er bei ihm und
trauerte auch. Auf den Hügeln saßen sie nachts neben-
einander und seufzten und heulten zum Mond hinauf.
Gottvater hörte es und erbarmte sich endlich des Mannes Adam. Während er schlief, öffnete ihm der Herr die
Seite und nahm ihm das vom Herzen, wonach er sich so
sehnte. Auch eine Rippe nahm er dazu, damit das Un-
sagbare Gestalt würde, der andere Mensch, das Weib.
Nun stellt euch vor, wie es Adam zumut war, als er auf-
wachte und eine Frau neben sich liegen hatte! Malt euch
selber aus, ihr Mädchen, wie selig auch Eva sein mußte,
weil sie, kaum erschaffen, gleich einen Mann bekam,
und weil sie obendrein die schönste von allen Frauen
war. Es gab ja noch keine andere, die hätte schöner sein
können.
Kein Wunder also, daß sich Adam sofort in das Mädchen
vergaffte. Damals wurde alles Tiefsinnige erfunden und
zum ersten Male ausgesprochen, was sich Liebesleute zu
sagen haben, die Frage: Liebst du mich? und die Antwort:
Ewig!
Adam führte seine Eva im Paradies umher und zeigte ihr
alles und prahlte nicht wenig mit seinen Kenntnissen, so
als hätte er es selber gemacht, nicht bloß den Namen
dazu gegeben. Eva hörte es an und lernte willig, wenn-
gleich in ihrer Art. Zeigte Adam auf eine Blume und

erklärte, daß sie Akelei heiße und so und so beschaffen sei, dann sagte Eva: Schöne Akelei! und brach sie vom Stengel und steckte sie hinters Ohr. Oder auch, Adam ließ sie ans Ufer treten, damit sie die Fische bewundern konnte, die bunten Forellen und Barsche, und er kam die längste Zeit nicht dahinter, daß Eva keinem Barsch zulächelte, sondern ihrem eigenen Bild auf dem Wasser. Aber er grollte ihr deswegen nicht. Es gefiel ihm ja selber, was er sah, und die beiden würden sich in Ewigkeit nie gezankt haben, hätte nicht Evas Neugier schließlich doch den gewissen Baum in dem Tal entdeckt.

Was für schöne Früchte! rief sie entzückt und griff in das Laub.

Laß die Äpfel! sagte Adam streng.

So! War nun das die große Liebe, von der er immer sprach? Vorhin noch beteuerte Adam, er wolle ihr alles zu Füßen legen, was es Kostbares im Paradies gab, und nun wurde er gleich grob, weil sie nach einem lächerlichen Apfel griff?

Adam redete der Frau im guten zu, es sei nun einmal verboten, sagte er, von diesen Äpfeln zu essen; Gott mochte wissen, warum. Dafür gebe es ja andere Früchte genug.

Allein was halfs! Was lag Eva jetzt an Birnen und Trauben, sie schielte doch immerfort nach dem Apfelbaum zurück. Und nach Mittag, während Adam arglos im Schatten ruhte, schlich sie noch einmal hin, um nachzuschauen, ob nicht vielleicht doch ein Apfel heruntergefallen war.

Da fand Eva aber eine Schlange auf dem tiefsten Ast des Baumes liegen.

Was tust du denn da oben? fragte Eva.

Ich esse Äpfel, sagte die Schlange.

Um Gottes willen, rief Eva erschrocken, laß das bleiben! Sonst mußt du elend sterben.

Ach, zischte die Schlange abfällig zurück, hat man dir das auch eingeredet? Nun, darüber konnte sie wirklich nur den Kopf schütteln, über so viel Leichtgläubigkeit. Wußte denn Eva noch immer nicht, was doch längst jedermann wußte? Daß es der Baum der ewigen Jugend war, den Gott aus lauter Eigennutz seinen Geschöpfen vorenthielt, weil er ihn für sich allein haben wollte?

Ißt denn er selbst von den Äpfeln? fragte Eva.

Versteht sich! Wie sonst wäre der alte Herr so lange rüstig und munter geblieben!

Ja, so ging es zu, so verloren wir das Paradies. Aber scheltet auch ihr deswegen eure Mutter nicht, ihr späten Töchter der Neugier! Es bisse heute noch jede von euch in den sauersten Apfel, wenn ihr ewige Jugend dafür verheißen würde. Und so mancher Adam legte sich schon einmal zur Unzeit aufs Ohr und schlief in sein Unglück hinein.

Genug, Eva brach den Apfel und aß davon. Er schien ihr köstlich zu schmecken, süßer als jede andere Frucht, keine Rede davon, daß ihr im geringsten übel wurde. Sie lief und suchte Adam, damit er auch von dem Apfel koste und seiner Rechthaberei überwiesen würde. Und Adam, noch schlaftrunken und ahnungslos, schluckte auch richtig den Bissen, ehe er begriff, was ihm die Frau in den Mund gesteckt hatte.

Ach, da stand nun Adam, und Eva fand es über die Maßen lustig, daß er so lang an dem Brocken würgen mußte. Plötzlich aber wurden ihre Augen groß und größer, sie schrie laut auf und schlug die Hände vors Gesicht. Adam sah umher und suchte, was denn nun Furchtbares ankäme. Er schaute auch an sich selber hinunter, und da gingen ihm die Augen auf und er begriff, warum sich Eva so entsetzt hatte.

Was tätet denn ihr, wenn ihr mit einem Mal merket, daß ihr euch splitternackt gegenübersteht? Ihr tätet wie Adam und Eva und spränget hinter die nächsten Büsche und wäret froh, wenn ihr gleich ein Feigenblatt für das Nötigste zur Hand hättet.

Indessen war es Abend geworden, und Gottvater erfrischte sich ein wenig im Kühlen. Gedankenverloren und nur so im Vorbeigehen zählte er auch die Äpfel auf dem Lebensbaum, und richtig, da fehlte einer! Gottvater hatte das natürlich schon vorher gewußt, es war ihm nur nicht gleich wieder eingefallen.

Sofort nahm er die Schlange ins Verhör. Hast mir du den Apfel gestohlen? fragte er.

Nein, sagte der unverschämte Wurm. Du weißt doch, Herr, daß Schlangen keine Äpfel fressen.

Und das mußte Gottvater zugeben, er hatte es ja selber so eingerichtet. Weil er aber der Sache auf den Grund gehen wollte, sah er sich nach seinem Gärtner um. Adam, rief er, wo bist du?

Hier, antwortete Adam nach einer Weile kleinlaut aus dem Busch.

Komm her! sagte Gottvater. Aber das wollte Adam nicht, er konnte doch unmöglich ohne Hosen vor den Herrn treten.

Da holte aber Gott den Sünder selber heraus, an den Ohren wahrscheinlich, obwohl nichts davon geschrieben steht. Und Adam mußte auf der Stelle bekennen, daß er von der verbotenen Frucht gegessen hatte. Freilich redete er sich zuerst auf Eva aus, weil er dachte, ihr verziehe Gott vielleicht eher, und Eva wieder schob die Schuld der Schlange zu. Allein es half wenig, der Herr war nicht mehr zu versöhnen. Und er sprach nicht milde wie ein Vater zu den beiden, sondern mit starker Stimme wie ein zürnender Gott.

Weil du von dem Baum des Lebens gegessen hast, sagte er zum Weibe, soll dein Schoß immer wieder Leben hervorbringen, wie dein Mann und Herr es will; aber unter Schmerzen sollst du es gebären.

Und zu Adam sprach er: Ungetreuer, aus der Erde sollst du dich nähren müssen, bis du selber wieder zu Erde wirst. Aber Disteln und Dornen sollen dir mit dem Brot aufwachsen dein Leben lang!

Und auch die Schlange verfluchte Gott, weil sie das Unheil angestiftet hatte. Von Stund an kroch der Wurm im Staube, gehaßt und verfolgt von allen Geschöpfen.

Zuletzt trieb Gottvater das Menschenpaar für immer aus seinem Garten. Schon viel, daß er jedem noch einen

56

warmen Kittel schenkte, damit sie wenigstens nicht nackt
in die Wildnis laufen mußten.

Und deshalb, Leute, pflügt ihr eure steinigen Äcker und
düngt die Furchen mit Schweiß und lebt ein mühseliges
Leben um eurer Kinder willen. Ihr hungert nach Erkenntnis und dürstet nach Wahrheit, Hunger und Durst
treiben euch vor Gottes Tor, aber dort steht der Engel
mit dem hauenden Schwert.

Und nichts kann euch trösten außer: die Liebe.

NACHWORT

K. H. Waggerl gilt zu Recht als einer der großen Meister deutscher Dichtkunst. Klang und Wohllaut seiner Prosa blieben bis heute unerreicht und begründeten die Aufnahme seines Werkes unter die Klassiker deutschsprachiger Literatur.

1897 in Bad Gastein als Sohn eines Zimmermannes geboren, wuchs er in ärmlichsten Verhältnissen auf und konnte von allem Anfang an nur auf die eigenen Kräfte bauen. Seine geistigen Fähigkeiten wurden bereits in der Dorfvolksschule erkannt, man schickte ihn nach Salzburg ins Gymnasium – damals eine gewaltige Auszeichnung. Im heutigen Überfluß erscheint uns die Armut, in der Waggerl seine Schulzeit verbrachte, beinahe unvorstellbar. Eindringliche Schilderungen von Hunger und Elend ziehen sich naturgemäß nicht nur durch seine Lebensgeschichte (»Fröhliche Armut«), sondern durch sein gesamtes Werk. Allerdings läßt er den Leser dabei nie ohne Trost.

Am bekanntesten dürfte (durch das Salzburger Adventsingen, dessen Mitbegründer Waggerl war) wohl die folgende »Passage der Hoffnung« geworden sein: »Wir Heutigen, leben wir nicht in einer Weltzeit des Advent? Scheint uns nicht alles von der aufkommenden Finsternis bedroht zu werden, das karge Glück unseres Daseins? Wir warten bang auf den Engel mit der Botschaft des Friedens und überhören so leicht, daß die Botschaft nur denen gilt, die guten Willens sind. Es ist kein Trost und keine Hilfe bei der Weisheit der Weisen und bei der Macht der Mächtigen. Denn der Herr kam nicht zur Welt, damit die Menschen klüger, sondern damit sie gütiger würden. Und darum sind es allein die Kräfte des Herzens, die uns vielleicht noch einmal werden retten können.«

Als Waggerl als Soldat eingezogen wurde, trug er bereits den Keim der Krankheit in sich, die ihm beinahe das Leben kosten sollte. Verstärkt durch katastrophale Lebensbedingungen, brach die Tuberkulose in der Kriegsgefangenschaft mit voller Kraft aus. Er überlebte, war aber noch lange Zeit nach seiner Entlassung nach Hause zu krank, um seinen Beruf (Lehrer) auszuüben. Waggerl begann zu schreiben. Er schrieb, weil er schreiben mußte und obwohl seine Manuskripte überall abgelehnt wurden. Erst als der Verleger Anton Kippenberg 1930 den Roman »Brot« im Insel Verlag herausbrachte, begann Waggerls Erfolg, der von da an nicht mehr aufzuhalten war. Drei weitere Romane, vor allem aber die Erzählungen, Kalendergeschichten, Essays, Miniaturen und Aphorismen, ließen seine Leserschaft in die Millionen wachsen. Da Waggerl zudem selbst sein bester Interpret war, begab er sich zur großen Freude des Publikums jedes Jahr auf Vortragsreisen in den gesamten deutschsprachigen Raum. Zum Glück ließ er sich nach anfänglichen Vorbehalten gegen die moderne Technik dazu überreden, diese Lesungen für den Rundfunk festzuhalten. So steht uns heute ein Großteil seines Werkes auch akustisch, gelesen von der unnachahmlichen Waggerl-Stimme, zur Verfügung.

Im vorliegenden Buch wurden Legenden und Geschichten zum Thema »Ostern« und die Erzählung »Die Schöpfung« zusammengefaßt. Illustriert mit bisher unveröffentlichten Aquarellen und Zeichnungen des Autors und vervollständigt durch eine CD gleichen Inhalts, stellt dieser Folgeband der »Sämtlichen Weihnachtserzählungen« wieder eine kleine Kostbarkeit dar, unverzichtbar für jeden Freund deutscher Sprache.

Lacerta Santorricelli